KB046137

우리는 한 번도
초라하지 않았으니까

우리는 한 번도
초라하지 않았으니까

2024년 6월 18일 1판 1쇄 인쇄
2024년 6월 28일 1판 1쇄 발행

지은이   전병석
펴낸이   한기호
책임편집   도은숙
편집   정안나 유태선 김현구 김혜경
디자인   스튜디오 문페이즈
마케팅   윤수연
경영지원   국순근

펴낸곳   어른의시간
출판등록   2014년 12월 11일 제2014-000331호
주소   04029 서울시 마포구 동교로 12안길 14 삼성빌딩 A동 2층
전화   02-336-5675
팩스   02-337-5347
이메일   kpm@kpm21.co.kr
홈페이지   www.kpm21.co.kr

ISBN   979-11-87438-26-7 03810

어른의시간 시인선 **04**

우리는 한 번도
초라하지 않았으니까

전병석 지음

어른의시간

선생으로서 살아온 생의 한 마디를 감사함으로 매듭짓습니다.

남은 생에는 걱정도 있지만 기대가 더 많습니다.

가시방석인 듯 꽃자리인 듯, 시와 함께하기 때문입니다.

이 시를 읽는 모든 이에게 평화를

우리 날 계수함을 가르치사 지혜로운 마음을……

(시편 90:12)

― 정년 퇴임의 해, 금계산 자락에서

전병석

차례

2부

슬픔이 지구를 돌린다

3부

이제 바다로 갈 수 있겠습니다

1부

덤으로 마음을 받다

붕
어
빵

찬 바람이 매서운
퇴근길에
팥 다섯, 슈크림 다섯
붕어 열 마리를 샀다
아들이 아니라
아내에게 줄 거라 답하니
덤으로 한 마리 더 담는다
그게 고마워
많이 파시라 하니
오늘은 날이 차서
붕어가 팍팍 올라온다며
황금 잉어를 잡을 수 있겠다 웃는다
저녁을 물리고 TV를 보며
아내 한 마리, 내 한 마리
한 마리가 남는다
덤으로 받은 마음이 남는다
아내는 무슨 생각을 할까

나는 받은 대로 돌려준
때로는 조금씩 떼먹은
덤 없는 사랑이 부끄러워

덤으로 받은 붕어 잘 기르다가
따듯한 날 신천에 놓아야겠다

제
주
돌
담
처
럼

위고 아래고 옆이고
이가 딱 물리는 돌이 없다
바람도 아기 손도 드나든다
똑바르게 쌓았을 텐데
할망의 시간처럼 천천히 휘었다
햇살이 편하게 내려앉고
세찬 세월에도 무너지지 않은 것이
천년 돌들의 내공인가 생각했는데
지나고 보니
울퉁불퉁 틈이 있기 때문이다
삐딱하게 서 있기 때문이다
모양도 크기도 다른 돌들 같은
이런저런 사람과 세사(世事)로 번거로운
인생은
바람에 맞서지 않는
직선을 고집하지 않는

틈 많은 돌담,

그 안의 노란 유채꽃밭이면

그
대
를
위
로
하
고

싶
었
습
니
다

산행 중 쉬는 잠시
당신은
꽃을 보았을까
병원비 걱정을 하고 있었을까
딱따구리 소리를 들었나
면접에 떨어지는 아들을 생각했었나
그렇게 멍을 때리다가
출발하는 일행 따라 엉겁결에
그만 돌 위의 손수건을 챙기지 못했습니다
손수건은
돌의 냉기는 자기가 받고
돌이 주는 평평한 쉼은 당신이 누리기를
바라지 않았을까요
그런데 당신은 잊고 떠났으니
그 마음은 어떠했을까요
손수건의 삐친 마음을 걷어
나뭇가지에 걸려다

그냥 두고 앉았습니다
당신이 머문 자리에
내가 앉았습니다
내 몸무게는 돌이 들고
내 온기는 손수건이 갖기를 바랐습니다
당신을 대신하여
위로하고 싶었습니다

내가 어찌 당신을 갈음할 수 있겠습니까

꽃
나
무
아
래
에
서

이 봄날
꽃나무 아래에서
당신을 그리워합니다
꽃이 아니라
꽃나무가 되려고
당신은 봄을 잊었습니다
두 계절
아니 한 계절만이라도
당신은 꽃으로 살 수 없었을까요
철없는 응석입니다
어느덧 나도
꽃이 아니라
꽃나무가 되려고 봄을 잊었습니다
세월은 흘러서
어느 봄날 또 누군가
꽃나무 아래에서
당신처럼 나를 그리워할 것입니다

그러면서 묻겠지요

당신은 꽃으로 살 수 없었을까요

병
꽃
이
잖
아

봄과 여름 사이

한 꽃나무 아래에서

꽃의 이름이 생각나지 않는다

잔기침처럼 간질이고

기름처럼 미끌거리기만 할 뿐

노랗고 하얗고 빨간 꽃이

섞여 이름도 섞여서 맴돈다

머리를 굴려도

공익광고 같은 생각만 떠올라

꽃나무의 이름을 놓아버리고

가만히 슬픔처럼 안는다

그제야 노랗고 하얗고 빨간

내 걱정을 아는 꽃들이 가만히 속삭였다

병꽃, 병꽃이잖아

찔
레
꽃
향
기

5월, 찔레꽃이 피는

강가로 선생님은

우리를 데려가셨다

적당한 돌을 골라

송사리떼처럼 모여 때를 밀었다

때는 선생님의 안타까움이었어도

우리의 부끄러움은 아니었다

열심히 밀어도

물이 마른 손등은 터실터실하였다

침을 바르고

선생님께 검사를 받았다

때가 제일 많던 석이가

헐렁한 옷처럼 풍덩하게 찔레꽃을

선생님께 드렸다

누가 먼저인지 박수를 쳤다

소리를 지르기도 했다

우리가 뜨는 물수제비를 보던 선생님은

돌이 가라앉은 곳을 한참 보셨다
우리는 노래를 부르며 학교로
밝게 돌아왔다 철없이
물수제비라도 배불리 먹고 싶어 했던
마른버짐 부자 우리는
가시보다 꽃이 훨씬 많은 찔레가 되었다

찔레꽃에서는 선생님 냄새가 난다

채
송
화

꽃으로 살고 싶다

장미는 아니고

모란 동백도 아니다

쪼그려 앉아야 다정한

햇살이 없어도 환한

채송화로 살고 싶다

연탄 구멍처럼 올망졸망 엉켜 자던

그 시절 우리네 얼굴 같은

당신 마음 한편을 밝히는

노랑 자주 분홍 흰색의

누구도 미워하지 않는

채송화로 살고 싶다

사
랑
은

사랑은 그 사람의 행복을 바라는 것
바라는 것으로는 모자라 사랑은
가끔씩 제 고집에 헛돌다
헛돌다 자빠지는 사랑은
겁 없이 아슬아슬 이별을 넘다
넘다가 결국 돌아오지 못한 사랑은
비 오는 밤이라 더 쉬웠는지 몰라
몰라, 눈 내리는 아침이었다면 사랑은
거기까지는 가지 않았으리라

플라잉 디스크

던져라
내가 받을게
걱정하지 마라
플라잉 디스크는 놓칠 수 있어도
사랑은 놓치지 않는다
내 눈은 항상 너를 보고 있어
가끔 땅에 떨어뜨리기도 하지만
실패한 게 아니야
사랑에는 실패가 없어
나를 향해 날아오는 그 순간이
설레고 설레는데
손에 잡히는 그 순간이
짜릿하고 짜릿한데
포물선으로 날아가는 사랑이라도
마음껏 던져라
네가 떨어질 곳에서
먼저 기다리고 있을게

이
브
의

경
고

하늘을 열지 마세요 별이 쏟아집니다

바다를 열지 마세요 파도가 쏟아집니다

나를 열지 마세요 당신이 쏟아집니다

십
리
사
탕

샤르르 녹지 않는다고

단박에 깨물 수 없다고

값이 싸서 그렇다

쉽게 생각하지 마시라

모든 첫날밤보다 오래오래 달다

박하사탕 같은 것 물려주고 싶었지만

겨우 돌사탕을 물리며

돌이 된 그 마음은

여태 십 리를 가지 못하셨는가

아직 입안에서 달달하다

어느 때일까

십리사탕 다 녹는 날은

그날에는

다비(茶毘) 후에 남은 사리 같은

그 마음 헤집어 품고

십 리 길을 떠나리라

슬도명파(瑟島鳴波)*

가슴에 세월에
구멍이라곤 없을 듯한
꽃 같은 사람도
새 같은 사람도
바람 많은 슬도에서는
맑은 소리 거문고가 된다

가슴에 세월에
커다란 구멍이 뚫린
파도 같은 사람도
바위 같은 사람도
바람 거센 슬도에서는
깊은 울음 거문고가 된다

가슴에 세월에
구멍이 많아
구멍이 커서

노래를 잃은 헛헛한 사람아

슬도의 바람 앞에 서 보라

당신 안의 거문고가 울지 않겠는가

* 울산 방어진 12경 중의 하나인 슬도에 울려 퍼지는 파도 소리.

바람막이 천막

당신은 겨울
운동장에 서 있는
철봉처럼 추워 보여요
사랑이 떠났나요
내게로 와서
잠시 추위를 쉬어 가요
나는 사랑의 스올*까지
갔다 온 적이 있어요
다음 사랑은 올 거예요 꼭
잠시라도 내게로 와서
추위를 쉬어 가요
기다리는 버스처럼 사랑은
벌써 전전역을 떠났어요
바람이 아무리 겨울처럼 불어도
버스처럼 기다리면
사랑은 꼭 다시 올 거예요

* '보이지 않는 세계', '죽은 자들의 세계'라는 뜻의
히브리어.

믿
음
으
로
내
려
라

애야, 물고기가 없느냐
깊은 데로 가서 그물을 내려라
선생님의 말씀대로
깊은 데로 가서 그물을 내렸습니다
그렇지만 그물은 또 비었습니다
당신은 얼마나 깊은가요
제 그물은 거기까지 닿지 않습니다
애야, 그렇지 않다
믿음으로 내려라
네 믿음만큼 나는 깊다
물고기를 잡지 못한 오늘 아침은
내가 숯불에 구운 물고기를 먹고
내일 아침, 애야
깊은 데로 가서 그물을 내려라
나는 네 믿음만큼 깊다
믿음으로 내려라

명
자
꽃

명자야,

니는 여태 이리 요염하노

철없던 청춘의 때

니 한 번 몰래 만났다가

너그 할매에게 뒤질 뻔했지

몰래 꽃을 꺾는 놈은

나중 사람도 꺾을 놈이다

너그 할매 욕 덕에

꽃을 꺾지 않는

팽나무 같은 사람이 되었다

그래도 명자야,

봄비 그친 이 아침에

니를 보고 있으면

그때 니를 꺾어

붉어 뜨거운 니 몸을 안고서

너그 할매에게 뒤지는 게 나았다 싶다

명자는 세월에도 여전히 붉어

명자에 대한 기억도 선명히 붉어

이 아침 봄비 맺힌

니 곁을 서성인다

제
비
꽃

가장자리 길에 좌판을 편
너를 만나
허리를 굽혔다가
쪼그려 앉아서는
찬찬히 머물러서 본다
풀숲 사이에서 나온 긴
꽃줄기 끝 연보라에
햇볕의 가장자리로 밀려난
더 작아질 수 없는
당신이 보여
덩굴손으로 기어오르던
당신의 험난했던 한 세상이 보여
가슴을 친다

제비는 잊었어도
제비꽃은 제비를 기다립니다

노
도*의 서포

아무도 올 수 없게

바다 위에 섬 하나 띄웠습니다

저도 넘을 수 없게

탱자로 담을 둘렀습니다

완전한 외로움,

여기까지 오는 길이

노를 버린 울돌목이었습니다

그래서 섬도 저도 고요합니다

시와 놀다 까무러친

탱자꽃이 하얗게 핀 밤이면

어머니가 제 이마를 짚고 계십니다

그런 밤이면 물은 더 먼 바다로 물러나고

후박나무 꽃은 일제히 피어납니다

시를 얻지 못한 아침에는

더 깊고 거친 바다를 끌어와

섬을 두텁게 두텁게 두르고

어제 짓다 만 원망의 시구(詩句)는 미련

없이 버립니다

　그러면 앵무새 같은 유배의 오늘은

　고뇌 속 기쁨

　한양도 벽련항도 그립지 않습니다

　* 남해에 있는 섬으로 서포 김만중의 유배지이다.

신
독
(愼獨)

밤은 어둠만 있어
꽤 비밀스러운 일을 하기 딱이야

어둠 속에서 네가 하는 생각을 봐
새벽이 왔을 때도
그 생각을 이어 갈 수 있다면
밤새워 꽃을 준비하는 꽃나무처럼
너는 괜찮은 사람이야

어둠 속에서 네가 하는 행동을 봐
아침이 밝았을 때도
네거리에서 당당하다면
밤새워 태양을 닦는 바다처럼
너는 멋진 사람이야

이 밤 너는 어둠 속에 어떻게 있는 거야
아침이 일찍 와도 괜찮겠어

초
상
화

소연*이의 눈에는 신비하게도

포도 씨가 보이고 꽃의 울음이 보인다

배운 적도 없는데

파랑을 칠하면 바다가 출렁이고

빨강을 칠하면 사과가 익는다

소연이가 그린 내 초상화

머리에는 피아노 건반을 놓았고

눈썹에는 지붕 없는 흰 서까래를 올렸다

눈은 옹달샘에 빠뜨린 두레박 같고

코는 화물차가 드나들 수 있는 딱 돼지코인데

귀는 꽃에 걸터앉은 올빼미 눈

입술에는 삐뚤하게 분홍 하트가 걸렸다

소연이의 눈 속에는

내가 모르는 내가 있다

* 이소연은 상해한국학교 다솜반(특수학급) 출신의
청년 화가이다.

39

포항 영일대 앞 바다는

고요하기도 하고

출렁이기도 하지

사람들, 그 바다에 배 띄워

갑판 가득 고기를

어떤 날에는 빈 배로 오지

바다가 주는 만큼만 싣고 오지

오늘 아니면 내일이 있다

마음 편하게 웃으며

그래도 우울한 날이 있잖아

그러면 바다는 수평선을 저 멀리 뒤로

물리지

그래도 외로운 날이 있잖아

그러면 바다는 섬들을 불러 모으지

그래도 슬픈 날이 있잖아

그러면 바다는 밤새워 닦은 해를 선물하지

새우와 고래를 키우는 바다는
여느 부모처럼 좋은 것만 주려고 하지
강물을 품는 바다는
어떤 사연의 물이든 덤덤하게 받아들이지
때로 파도와 물결이 휩쓸어도 바다는
해안선을 넘지 않지

인생의 바다로 출발하는 솔이와 슬기야
어느 땅에 닿고 싶으냐
지도와 나침반은 있느냐
함께 항해할 수 없는
아비로서 이 말을 꼭 건네고 싶다
서로 바다 같은 마음이면 한다
넓은 바다의 마음으로 사랑하고
깊고 푸른 바다의 마음으로 용납하기를

먼 훗날,
본향으로 돌아가는 항구에 닿았을 때
아니 매일매일의 항해에서
당신이 아내라서 고마워요
당신이 남편이라서 행복해요
마음 편하게 웃으며 입맞춤하기를……

12월에는

선물도 선물이지만
선물의 포장이 참 예쁠 때가 있습니다
그래서 선물이 정말 궁금하여도
포장을 선뜻 뜯지 못합니다
함박눈이 내리는 12월
당신의 사랑이 그렇습니다
성탄종이 울려 퍼지는 12월
당신의 기도가 그렇습니다
밤부터 내리는 사랑을
파란 보자기로 곱게 싸고
새벽마다 올리는 당신의 기도를
예쁜 리본으로 빨갛게 묶어
가난한 마음에 선물하고 싶습니다
네거리에 걸어 놓고 싶습니다

2부

슬픔이지구를돌린다

애
기
똥
풀
꽃

모든 게 꽃이 아니라

똥이 되는 시절이 있었다

동수 아버지는 똥수 아버지

동자는 똥자

봄동은 봄똥

모두 꽃이 되기 위해 똥심을 쓰던 시절이었다

똥수 아버지는 짜장집 사장

똥자는 떴다방 사모

봄똥은 봄의 일미 봄동

애쓰면 꽃이 되는 시절이 오는가 싶었다

그런데 너도 나도

속은 똥이면서 겉은 꽃이고

겉은 꽃이면서 속은 똥인

애기똥풀꽃 같은 이상한 시절이 와 버렸다

구령

차렷

열중쉬어

낙엽은 제멋대로 떨어진다

떨어진 낙엽도

차렷

열중쉬어

제 좋은 대로 구른다

이순(耳順), 여기까지 왔는데

가지를 골라 앉는 새처럼 살고 싶은

사람을 향해

세상은 아직도

차렷

열중쉬어

선
생
질

쓰다듬고
토닥이고
칭찬하고
가끔씩 따끔하게 충고하고
이런 게 교육이잖아
근데 실제로 이렇게 하면 큰일 난다
눈으로도 안 된다
꽃으로도 안 된다
마음으로만 해야 된다
그 마음도 들키면 안 된다

그래도……참……그렇다

슬픔이 지구를 돌린다

물과 흙과 돌 더미가
산비탈을 쏟아져 내리듯이
돌연 허리가 끊어질 듯한 슬픔에 점령된 우리
슬픔은 등 뒤로 던지고 던져도
홍수에 바가지로 물을 퍼내듯 하고
오천 킬로미터를 흘러 바다에 닿아서도
슬픔은 맑지 않은 황하 같다
슬픔으로부터 깜깜한 어둠이
막장에 쏟아지지 않게 슬픔은
깨어 카나리아가 되어야 해
손거울처럼 꺼내 볼 수 있어야 해
서해에 빠지는 해는 건지지 않아도
스스로 추슬러 솟듯
바닥까지 잠긴 슬픔을 기다려야 해
마지막까지 버스 창을 깨던 손처럼
슬픔이 슬픔을 부술 수 있게

슬픔이 지구를 돌린다

다
리
를
끊
다

바람이 다니는 곳이면
어디든 이별은 있어
바람 부는 날이면
꽃 지는 소식이 아니어도
눈물이 난다
이런 날에는
눈물을 모르는
전봇대 끝 까마귀가 부럽다
어제, 바람의 길을 전해준
당신의 전화를 받고서는 그 전쟁의
한강철교처럼
내가 아는 모든 다리를 끊었다
이별은 늦추었어도
이별을 멈출 수는 없었다
바람이 건널 수 없는 곳
어디일까

이
별
후
의
기
다
림

봄을 기다리면 봄이 옵니다
꽃을 기다리면 꽃이 핍니다
기다림은 오는 것을 기다리는 것입니다
오지 않을 것을 기다리는 것은
기다림이 아닙니다
그럼, 이별 후에도 당신을
기다리는 기다림은 무엇이라 할까요

꿈이었으면

슬픔이 뛰어내리지 않으니

네가 강 다리에서 뛰어내리려 하는구나

절망이 떨어지지 않으니

네가 아파트 창에서 떨어지려 하는구나

불면이 잠들지 않으니

네가 깨어나지 않게 약을 먹으려 하는구나

외로움이 손목을 긋지 않으니

네가 그으려 하는구나

자살예방상담전화 ☎ 1393, 정신건강위기

상담전화 ☎1577-0199

힘이되는전화 ☎ 129, 생명의전화 ☎ 1588-

9191, 청소년상담 ☎ 1388

청소년 모바일 상담 '다들어줄개' 어플 등

24시간 전문가의 상담을 받을 수 있습니다

그럼에도

박살이 난 수박 같은

죽음은 무심한 우리 앞에서

긋고 떨어지고 뛰어내리고⋯⋯

외
로
운
사
람
이
다

사람들 숲에서

나는 고독에 이르지 못한

외로운 나무 사람이다

하루를 살아 내는데

땀이 세포마다 범벅이다

밖에서도 내 안에서도

외로움은 철새의 하늘 같다

거칠고 무정한 외로움으로 내몰린

어느 날 밤 꿈에는

사람들이 더 큰 외로움을 들고 쫓아온다

같은 크기의 소리로

같은 모양의 분노로

같은 색깔의 표정으로

같은 무게의 힘으로

그런데 나는 왜

육지가 좋아 섬을 포기하려는 섬처럼

그들 속으로 들어가려고 애면글면하는가

나는 아직은 외로운 사람이다

혼자서는 평화로운 사람이 아니다

늦은 가을

늦은 가을
강물은 익을 대로 익어
물 위의 오리들은 밀물 때의 섬처럼
평화롭고
물억새들은 철새들이 물어다 준 은빛
외로움을 안아 단체로 흔들리고
강물 따라 마음은 낙엽처럼 어지럽다가
길을 가면 강둑처럼 가지런하고
살아온 세월은 하늘만큼 높지 않았어도
하루는 물에 잠긴 하늘처럼 고요하다
이 가을에 남길 것이 무엇이 있겠냐마는
까치밥처럼 사랑받지 못한 이별이
감나무 끝에 간신히
붉을 대로 붉었다

혼자인 사람

혼자서 담배를 태우는 사람보다
술병을 두고 혼자 앉아 있는 사람에게
더 마음이 간다
아픔이든 슬픔이든 외로움이든
담배는 연기처럼 흩어 버려도
술은 캄캄하여 심해(深海) 같다
그래서 나는
혼자 술 마시는 사람을 보면
그에게 한 잔 따르고
그의 술잔을 받고 싶다
그러나 진짜 마음이 가는 사람은
담배도 없이
술도 없이
혼자 앉아 있는 사람이다
뒷모습도 혼자인 사람이다

집
으
로 가
　　는
　　길

겨울비가 내립니다
보도 곳곳, 기울어진 마음에도
찬비가 고였습니다

거리의 플라타너스 잎은
젖어 그날처럼
바닥에 눌어붙었습니다

비는 외로움에
그리운 마음은 잠들까
툭 투둑 흐릿한 가로등을 두드립니다

별은 벌써 숨었고
함께 우산을 쓸 사람도
함께 비를 맞을 사람도 없습니다

우산처럼 편 외로움에

집으로 가는 길을 서두릅니다

다음 횡단보도에서는 건널 수 있을까요

모
텔
이

보
이
는

두
류
공
원

끌어안고 싶다

당신이 사치라면 가로등이라도

가로등이 사치라면 담벼락에라도

끌어안기고 싶다

늙었다 해서

사랑하고 싶은 마음이 왜 없을까

늙었다 해서

새처럼 욕망마저 가벼운 게 아니다

죽을 힘은 없어도

사랑할 힘은 넘친다

칠 벗겨진 고향집 대문처럼

삐걱대는 씁쓸한 삶이라도

죽음처럼 아무것도 바라는 게 없는

여행을 떠나는 날까지는

끌어안고 싶다

끌어안기고 싶다

신
호
대
기
중

그날은 유독
찬 바람이 맵고 많았다
그렇지만 몇 단 남은 파 때문에
할머니는 길 위에 있었다
나는 알았다
마른 시래기 같은 몸을 걸치고
곱은 손으로 세월을 까고 있는
할머니가 팔고 있는 흙 많은 파는
직접 지은 농사가 아니라는 것을
신호가 바뀌기를 기다리는데
번개시장 응달 한 자락에서
국산 참깨에 중국산 참깨를 섞어 팔았던
당신이 빨간불에 갇혀 있다
내가 남은 파를 사 들지 않으면
당신은 영원히 빨간불 속에 있을 듯

바람은 대놓고 차갑다

모
모

모모가

오랜만에

우리 집에 왔다

여름이 오는 중인데도

털옷을 입고 짱짱하게

몸피는 살짝 불었지만

주름 하나 없이 매끄럼하다

긴 이동에 피곤한지

소파에서 한동안 내려오지 않는다

기력은 확연하게 쇠하였다

짠한 마음이다

밥도 물도 먹지 않는다

간식을 주었더니 겨우

쳐다보는 눈길이 아련하다

항렬로는 손녀인데

어느덧 나보다 나이를 더 먹은 모모

빼앗긴 시간을 돌려줄 수도 없어

방학 때 할머니 집에 갔다 올 때처럼
며칠 우리 집에 있다 가면
또 올 수 있을까
지나가는 그림자 같은 걱정
마음은 파 뿌리처럼 복잡한데
모모는 어떤 마음일까

똑똑, 모모의 마음을 두드린다

상
족
암

겨울바람은 허공을 세게 겨누었는데
짱돌은 엉뚱하게 사천바다케이블카가
맞았다
멍은 여행에 들뜬 우리가 들었다
손 빠르게 행선지를 바꾸었다
여행 같은 인생에서
아직 바꿀 행선지가 있는 것은 축복
아직 바꿀 시간이 남아 있는 것도 감사
상족암으로 방향을 틀었다
바람이 바다 운치를 더한다
같은 바람이라도 이렇게 다르다
그러니 인연이란 게 있는 거다
아버지 집 장작처럼 쌓인 암벽 앞
파식대지에 있는 물웅덩이들이
공룡의 발자국이란다
내 늙은 상상력으로는
공룡이 걸어가지도 날지도 않는다

사진 몇 장 찍고 돌아서는 내게
상족암이 공룡 풀빵을 건네며
한 말씀 던진다

네 안에 숲, 어린아이가 없어서겠지

속
물

3

산책을 하다
클로버가 무더기로 피어 있어
우연히 보았는데
눈에 확 들어온 네 잎 클로버
순간의 기쁨이 얼마나 크던지
평생에 처음으로
내 손으로 따게 된 네 잎 클로버
바로 이어 든 생각이
복권을 사야지
세상의 행운은 복권밖에 없다는 듯
집으로 돌아와
읽던 시집 속에 갈무리하고
다시 드는 생각은 얼른 복권을 사야지
시집을 들고서
머릿속에 온통 가득한 염려는
빨리 복권을 못 사는 것
그래도 한낮에 쏙 복권방에 들어갈 수

없어서

　누워서 시집을 읽는다

　어서 밤이 오기를 기다리며

아
니

내 시집이 중고 시장에
반값으로 나왔다
중고 시장에 내가 나온 듯
마음이 아린다
아니, 생각해보니 고맙다
무명 시인의 시집을 사서
시를 읽은 것만으로도
아니, 다른 시집을 사기 위해
시집을 팔고 있는
가난한 사람일 수 있지 않은가
아니, 가난하여 새 시집을 살 수 없는
시를 사랑하는 사람을 위함일 수 있지
않은가
아니, 정말 고맙다
쓰레기장 폐휴지로 던지지 않아서
표지가 해어질 때까지 끼고 사는 것도
좋지만

아직 쓸모가 있을 때
아니, 떠나보내는 것은 어떨까
그래도 그럴 수 없어
아니, 혼자서 눈치 세게 보다가
슬쩍 카드를 내밀고 말았다

화
났
다
,

꽃
이

꽃샘추위에

꽃이 화가 났다

그런 줄 모르는 직박구리는

꽃향기 사이를 바삐 옮겨 다닌다

화를 잘 내는 꽃샘바람은 안다

지금 꽃이 화가 났다

그렇지 않으면

해 지는 이 시간에

저렇게 단단하게 환하지 않을 것이다

꽃과 하루도 같이 지내지 않은 사람은

꽃은 항상 다정하다 생각한다

그러나 생전의 표정대로

떨어진 꽃을 매일 쓸어 담는 사람은 안다

웃다가 떨어진 꽃보다

화내다 떨어진 꽃이 훨씬 환함을

그렇지 않으면

떨어져서 저렇게 붉을 수 없다

나는 웃음을 주는 사람이나
눈물을 닦아 주는 사람이고 싶었다
아니면 꽃이나 새가 되고 싶었다
이제는 아니다
단단하게 잘 박힌 돌이 되어
사랑 없이 건드리면
발에 대못을 박는 고통을 주고 싶다
구르는 작은 돌이 되어도 괜찮다
바람에 울고 있는 꽃의 여린 손에 들려
바람의 정수리를 때리고 싶다
숨어 혼자서 버티는 돌을 위해
진심으로 돌을 드는 사람이고 싶다
그 돌 가슴 한 자락 깨어진 틈에
민들레 한 송이 노랗게 피우고 싶다
그 홀씨 세상으로 잘 보내고 싶다

소
금
쟁
이

내 이름은 소금쟁이

기억하나요

나를 향해 돌을 던지던 일

당신은 웃으며 놀이라 했지요

나는 물속으로 달아날 수 없어요

비가 내려도

햇볕이 쏟아져도

돌이 날아와도

나는 물속으로 피할 수 없어요

당신은 알지 않았나요

물에 살면서

물 위에서 쫓기는

착하고 약한 것의 슬픔

이걸 알면서도

연못의 가장자리를 맴도는

나를 향해 아직 돌을 들고 있다면

미안하지만 당신은

일곱 번을 일흔 번

용서할 수 없는 사람입니다

거
미
의
꿈

바다에 그물을 내리는
어부의 마음이 진심이듯
거미는 밤새워 하늘에 그물을 내린다
일용할 양식을 위해
그물을 내렸어도
새끼 물잠자리가 걸려 있는 아침이면
마냥 기뻐할 수는 없다
그런 날이면 온종일
아이를 찾는 전단지를 받은 날처럼
밥맛이 아린다
먹고사는 일에 비길 것이 있을까마는
목숨 또한 그런 것을
내린 그물에 바람이 있다면
죽음이 삶이 되는 것만
걸리는 것이다
바람에 날리는 홀씨처럼

그
복

화원읍 옥포리 노인 몇이
정자에 둘러앉아
재미있는 이야기를 한다
어제저녁에
판득이가 자다가 죽었다
여든네 살이라 쪼매 아깝기는 해도
죽을 복은 타고났제
그래도 아쉽기는 하지
복지관에서 춤을 배우고 있었는데
아짐씨와 제대로 한번 못 돌았제
그런데 왜 우리는 모여 이야기하면
끝에는 맨날 죽는 이야기고
글케 말이야
여기까지 와 보니
죽는 게 제일 어려워서겠지
인생은 산 만큼 죄를 짓는다지만
상큼하게 살지는 못했어도

단박에 죽는 그

복이라도 있어야 할 텐데……

약
속

한밤에 애들 아버지가
가슴을 움켜잡았다
오만상 놀라
아들에게 전화했더니
아들이 더 놀라
119에 전화하란다
이 밤에 미안해서 못 한다 했더니
그래도 119에 전화하란다
사람이 죽는데 뭐가 미안하냐며
다행히 애들 아버지는 살았는데
애들 아버지는 꼭 내 손으로 보내고
나는 양로원에 들어가고 싶다 하자
공부를 많이 한 자식은
가타부타 말이 없던데
마을 친구들은 양로원에 가면 끝이라고
가면 안 된다고 야단이다
그래도 비가 오기 전에 깨를

털어야 하듯이 말하니

양로원은 끝이라던 그네들도 슬쩍

말머리를 돌린다

그 집 아들은 언제 온다요

유
기
견

금방 구운 빵처럼
집으로 가는 길의 기억은 아직 따뜻하다
하지만 내가 집으로 돌아갈 수 없는 것처럼
주인이 돌아오지 않을 것이 분명할 때까지
목줄을 풀어 준
여기 낯선 길 위에서 서성거려야 한다
그때까지 나는 여전히
사람에게 다정한 눈길을 보내며
눈곱과 털은 깨끗하게
꼬리는 당당할 것이다
그렇지만 다짐은 다짐이고
현실은 훨씬 잔인하게
나를 빨리 버려진 개로 버릴 것이다
그럼에도 목숨 줄 마지막 때까지
종일토록 슬픔 중에 다니지 않기를
찻길에서 피 흘리지 않기를
눈빛만은 처음처럼 다정하기를

서울역 앞 광장처럼

첫 번째 노숙의 밤이 오고 있다

신
발
정
리

문상을 온 신발들은
여인이 앓는 골다공증처럼
마음이 숭숭 뚫려 허둥댄다
앞뒤도 없이 뒤집힌 채
한쪽이 심하게 닳은 것도 잊고
짝도 잃어버린다
할 수 있다면 더 어지럽게
허둥지둥하고 싶다
이런 마음을 아는지 모르는지
어린 손자는 집게로 꼭 집어
슬픔을 정리하듯
신발을 가지런하게 놓는다
난장으로 울고 싶은데
일생이 막걸리에 소주로
제철 만난 철쭉 같던 제 할애비를
빼닮은 이 집 어린 손자는
장난기 싹 가신 얼굴로

떨어진 동백꽃 같은
슬픔을 반듯하게 정리한다

슬픔은 난장이고 싶다

3부

이제 바다로
갈 수 있겠습니다

봄
이

왔
습
니
다

봄이 왔습니다
매화는 창가에 향기를 달아 놓습니다
도다리는 쑥을 찾아 사천항으로
몰려갑니다

그래도 혹 어느 세상에
아직 오지 않은 봄이 있다면
그 봄은 겨울을 건너고 있는 중입니다

봄이 왔습니다
나는 겨울옷을 세탁소로 보내고
아내는 밭에서 냉이 향을 담습니다

그래도 혹 어느 세상에
아직 봄을 기다리는 사람이 있다면
그는 분명 봄 같은 사람입니다

꽃향기 가득한

봄바람이 불어오는데 창을 닫는다

황사가 들어오지 못하게

황사에 묻어오는 봄바람은 창밖이다

당신도 창밖이다

창을 연다

꽃향기처럼 당신만 들이려 했는데

봄바람에 묻어 황사도 들어온다

창문을 닫는다

어제는 갈비 해체사처럼 칼을 벼려

온종일 봄바람에 묻은 황사를 발랐다

제삿날 밤을 치던 아버지

사과를 얇실하게 깎던 엄마같이

사랑에 붙은 이별을 덜어 내려다

사랑이 사라진 날처럼

인연에 붙은 악연을 잘라 내려다

인연을 끊은 사람처럼

당신도 도톰하게 쓸려 나가

애쓰지 마라
4월의 봄바람에는
꽃향기도 황사도 있는 것을

산길을 걷다

오늘은

산길을 혼자 걷습니다

이 길에 일찍

봄눈 뜬 진달래 몇 송이 반갑습니다

낙엽이 바스라지는 소리에도 길가

새끼 꿩들은 놀라지 않습니다

새끼들은 무서움을 모릅니다

애기 봄도 새끼 꿩과 다름없어

손이 닿는 길가에서도

숨거나 눈치 보지 않습니다

애기 봄은 빠르게

햇살과 남은 겨울을 염낭거미처럼 먹고

색색의 꽃과 연푸른 꿈 키우며

싱싱한 봄을 뽑아낼 겁니다

우리 안의 겨울도 그럴 겁니다

어떻게 아느냐고요

봄과 함께 이전에도

이 산길을 걸었으니까요

아
이
스
아
메
리
카
노

거리를 걸을 때

책보다는

핸드폰보다는

아이스 아메리카노를 들어라

한 손으로 꼭 감싸고

천천히 걸으며

가끔 하늘도 올려보아라

혹 가난하여

명품 가방을 들지 못하면

별다방 아이스 아메리카노를 들고 걸어라

아메리카 '노'라 말하던 사람보다

걸음은 당당할 것이다

걷다가 한적한 의자라도 만나면

커피 같은 눈물을 흘렸을

커피 따는 아이는 생각도 말고

별다방 아가씨와 남은 사랑 나누어라

아아, 아이스와 아메리카노처럼

통나무집 앞 나무 의자에

가난한 어머니가 쌀독을 긁듯이

늦가을 햇살을 모아 앉았습니다

생강차를 마신 아침처럼

마음이 맵싸하고 따뜻합니다

마스크를 벗는 소리에 놀란

논병아리가 후드득 못을 떠나고

흔들리는 물억새 사이로 지나온

모든 희로애락은 은빛으로 흩어집니다

어느새 마음은 높고

몸은 푸른 하늘에 닿을 듯

그래도 습지처럼 남아 있는 슬픔이 있을까

공판 벼를 말리듯

소로우처럼 앉았습니다

잃
어
버
린

양

저녁이 되어
집으로 돌아가는 길
눈을 감고서도 갈 수 있는 길에서
슬쩍 옆길로 빠졌다

혼자서
풀밭에 누워
풀을 생각하지 않고
밤하늘의 별을 보고 싶었다

혼자서
울타리가 없는 들에서
늑대를 두려워하지 않고
우리를 벗어나는 길을 찾고 싶었다

캄캄한 밤이 되어
다정한 한 목소리가 애타게 찾았다

나는 나를 찾아가는 양이었는데
나는 잃어버린 양이었다
아흔아홉을 근심시킨 양이었다

미
끼
를
탐
하
다

저수지 속으로 내려지는

지렁이, 새우, 밥알

가만히 홀리는 떡밥

붕어와 잉어와 메기에게는

하늘 아래 최고의 미끼이다

공짜 같은 낯선 것 탐하지 마라

나면서부터 잘 교육받았어도

물속을 벗어나고 싶은 욕망이

절정에 이르면

망설임 없이 미끼를 문다 누구는

음식을 탐한 멍청이라 소문을 퍼뜨려도

지상을 벗어나고자 하는 사람들이

죽어야 하늘에 오르듯

살기 위해 죽음을 무는 것이다

물속을 잘 아는 낚시꾼일수록

종일 찌가 움직이지 않는 허망한 날에도

낚싯대를 거두지 않는 것은

미끼를 무는 것이

유일한 희망이 되는 인생이 있기 때문이다

모
과

파아란 하늘에

울퉁불퉁한 꿈이 열렸다

바람이 불지 않아도

새가 날아가지 않아도

CCTV가 지키고 있어도

계절이 둥지를 옮겨 가면

꿈은 툭 떨어진다

떨어진 꿈 몇 개를

책상 위에 놓고 보면

아, 어느 생이 이보다

향기로울까

친
목
회

사문 나루에
유람선을 띄웠습니다
저 멀리 산을 물들인 단풍은
이 배까지 몰려와
사람들 마음은 알로록달로록합니다
오랜만에 마주 보고 나누는 웃음에도
가을 물 같은 눈에도
억새처럼 날리는 머릿결에도
단풍이 들었습니다
고운 물이라곤 들지 않을 것 같던
술 한잔으로는 어림도 없던
바짝바짝 마른 너와 나의
하루하루이었는데 그 사이로
단풍 물 흐르고
습지를 지나며 몸피를 줄인
아직 단풍 들지 않은 마음은 수평선을 넘어
어제의 우리와 결별한 우리

이제 바다로 갈 수 있겠습니다

송
해
공
원

옥연지 따라 산길을 걷다
'전국-노래~자랑'
수세미 같은 소리에 깜짝 놀랐다
스피커에서 나오는 소리라 말하면
바보가 될 듯하다
송 선생은 없는 듯 있다

백세정 앞 분수에서는
'불러봐도 못 오실 어머님을~'
옥수수 삶는 냄새 같은 트로트에
허둥대다 들킨 사람들은
기념관 앞에서 사진을 남긴다
송 선생은 있는 듯 없다

노부부의 저녁처럼 도는 물레방아는
벚꽃 지는 호숫가에서
한 무더기 꽃을 쏟아 내는데

산으로 간 송 선생은 무얼 하는지
몇 줄기 산바람만 내려온다

겨울 실상사

지리산 아래

국보와 보물을 가진 천년 고찰에서도

겨울은 몹시 춥고 쓸쓸하여

손난로 같은 부처님의 한 말씀 품지 못하고

산문(山門)을 떠나올 때

약사전 부처님의 마음이 아렸나 보다

아, 눈을 내리신다

눈이 내릴 뿐인데 금세

풍경은 신비롭고 마음은 설렌다

눈사람을 굴리는 나이를 지난 사람들은

굵어지는 눈발은 돌아가는 길에

또 하나의 번뇌라도

통창 바깥으로 쏟아지는

눈에 취해 돌아갈 시간을 잊었다

지금쯤 실상사에도

눈발은 드세어져 부처님은

먼 길 가는 중생들 생각에

감은 눈을 뜨셨겠다

그
림
자

장미의 그림자에는 색깔이 없습니다
장미의 그림자에는 향기가 없습니다

장미의 그림자에는 그늘이 있습니다
햇볕이 뜨거울수록 깊어지는 그늘이
있습니다

햇볕 아래를 지나 본 사람은 압니다
가난한 시절 아버지는 왜
그늘이 없는 열사(熱沙)의 나라로 떠났는지

그 시절 어머니는 왜
한사코 누구의 그림자로 살았는지

장미의 그림자에는 가시도 없습니다
오로지 당신 같은 그늘만 있습니다

방
생

야구공에 맞아
국화분이 박살 났다
국화보다 사람이 더 놀랐다
어떡하지
CCTV가 없네
공을 챙겨 그냥 가려는데
국화가 딱 걸린다
설마,
애써 무시하며 돌아서는데
벌이 쌩 날아온다
국화 속에 벌이 있을 줄이야
—교장 쌤, 제가 화분을 깼습니다

그러고 보면 나는
주인 모르게 깬 화분이 몇 개일까
벌에 탁 쏘였으면 차라리 편했을
화분 조각 같은 죄업들

들로 숲으로 놓아 보낸다

줄다리기

줄다리기는 시작하지 않아야 한다
어쩔 수 없다면 버티던 줄을 놓아야 한다
놓는 순간 이긴 쪽은 더 크게 쓰러진다
그리고 보면 줄은 당겨서 이기는 것이
아니라
놓아서 이기는 것이다
삶은 있는 자리마다 줄다리기다
손이 다 까지며 발버둥치다
기막히게 알게 된 것은
세상에는 당겨서 이기는 것보다
놓아서 이기는 것이 훨씬 많다는 것이다
오늘도 잡은 줄을 당기며
죽어라 놓지 않는다
그래서 날마다
이긴 듯 지고 있다

당
신
차
례

환경 오염과 토지 부족을 이유로 미국의 워
싱턴주는 새로운 장례법을 합법화했다 바로
시신을 퇴비로 만드는 '인간 퇴비화(Human
Composting)'다. 소위 '퇴비장'이라고 불리는
이 장례 방식은 시신을 나뭇조각과 짚, 약초로
가득 찬 상자 안에 넣고 약 30일간 미생물에
의해 빠르게 분해하는 과정을 말한다

죽은 몸은 냉동고에 있고 빈소에는 사진만
있는 장례식장에는 소리 내어 우는 사람이 없
다 서둘러 절하고 국밥 한 그릇에 소주 한잔
나누다 까마득히 죽음을 털어버린다 죽은 몸
과 그의 이야기는 800도가 넘는 불에 타서 골
분(骨粉)으로 남는다 그의 생애에 가족의 눈
물을 보태도 작은 항아리 하나 채우지 못한다

퇴비가 되든지 불에 타든지 고래 허파에

붉은 플라스틱처럼 척추에 닿는 산성비처럼

당신 차례가 오고 있다

겨울나무

내 이름은 떡갈나무다
그런데 겨울이 오면
잎이 지듯이
이름도 지워져
그냥 겨울나무라 불린다
자기 이름이 분명한
신갈, 굴참, 졸참, 갈참, 상수리도
저마다 잎 폼나게 달고
대단한 열매를 가진 듯이 살아온 듯하나
모두 그냥 김 씨, 이 씨, 박 씨, 최 씨
겨울나무로 불린다
겨울이 되고 보면
가릴 것이 없으니
숨길 것도 없어
가을까지 보이지 않았던
욕망과 상처가 훨씬 잘 보여도
서로 미안해하기는 너무 늦었나 싶다

그래도 마지막을 기다리는 마음은 같아

나이도, 학벌도, 재산도, 자식도 쓸모없는

겨울나무로 살아간다

뒤
태

눈이 사설시조처럼

내려오는 창을 열고

바깥을 내다본다

도로가 공원이 산이

어떻게 눈을 환대하는지

눈은 어떻게

모양을 덮고 색깔을 지우고

크기를 사라지게 하는지

마침내 세상이 평등한 아침

사람들은 마냥 좋아

시처럼 새는 날개를 쉬어도

소설처럼 구급차 사이렌은 눈을 뚫고

연극처럼 눈을 반기지 않는 사람들은

서둘러 염화칼슘 같은 고집을 뿌리고

더 일찍 출근을 한다

어느 먼 산 까치가

늙은 플라타너스의 가지를 걱정하는

이 아침, 높고 서늘한
눈은 사람들의 출근길을 지우나
사람들은 서둘러 눈길을 지우고

눈이 없는 눈 내리는 길을 간다

상
해
임
시
정
부
청
사

최소한의 도리처럼
찾아오지 않아도 돼
작고 초라함에
안타까워하지 않아도 괜찮아
우리는 한 번도 초라하지 않았으니까
관광 코스로 사진을 찍고
휙 가 버려도 좋아
결국은 사진처럼 네게 남을 거니까
그래도 혹 누구는
나라를 잃으면 지옥 불은
사소하다는 것을 알았으면
더 진지한 마음으로 역사를 찾아오고
더 천천히 생각하며 역사를 지나가고
이국땅에서 새벽 같던 사람들이
꿈꾸던 큰 빛 세상 품고 가면 좋겠어
참, 좋겠어

상해에서, 여름 장마라 쏟아지는 빗속에서
흠뻑 비를 맞으면서도 쉬지 않고 화초에 물을
주는 공원의 노동자와 초겨울 바람에 떨어지
고 떨어지는 낙엽을 지켜보는 사람도 없는데
쉬지 않고 쓸고 쓰는 거리의 청소원을 보며 속
으로 웃었습니다

서울에서, 은행 냄새가 심하고 청소와 관리
가 어렵다는 이유로 송파구 어느 거리의 40년
생 은행나무 조경수 7주의 기둥에 전기드릴
로 구멍을 뚫고 제초제를 주입한 혐의로 A씨
가 재판에 넘겨지고 그 범행으로 조경수 7주
는 병들거나 고사한 것으로 파악되었다는 기
사를 읽으며 혼자서 웃었습니다

그때 상해에서 웃지 말아야 했습니다

심정지가 왔다

몇 번의 전기 충격으로 갈비뼈가
으스러졌다

다시 심장이 뛰었다

소식을 듣고 울며 달려오는

자식들을 기다린다

기다림은 평생의 일이었어도

돌아보아 내가 이 땅에서

가장 애쓴 일은 너희들

얼굴 보고 가려고 버틴 지금이다

그런데 울고 있는 너희가 반가워

환하게 웃고 있어도

내 얼굴은 표정이 없겠구나

울지 마라

눈을 감고 있어도

너희 모습 생생히 보고 있다

그래서 더 고맙다

그렇지만 여기는 너무 외롭다
목숨과 이어진 몸의 모든 관들
바늘과 인연을 뽑아다오

준비된 귀향은
얼마나 기쁜 일인가

유
통
기
한

유통기한 그거

그렇게 믿지 마라

너거 아버지 봐라

검은 머리 파뿌리 될 때까지

사랑하며 살겠다 하고서는

일찌감치 사랑을 버렸잖아

나는 그때부터 유통기한 그거

그렇게 믿지 않는다

저번에 산 두부는

금방 맛이 갔잖아

이장네 헤어지는 거 봐라

그나마 오래가는 무슨 무슨 협약은 어떻고

그러니 유통기한 그거

그렇게 믿지 마라

그런데 네 아버지는 유통기한 한참

지났는데

밤이 쓸쓸한 달밤에

가슴을 헤집어 보면 요상스럽게
아직도 유통기한이 남아 있어
그러니 유통기한 그거
그렇게 믿지 마라

아
흔
한

살
에

아흔한 살에 먹는 아침은 무엇일까

아흔한 살에 잠자리에 드는 것은 무엇일까

태양을 따라 돌며

고추 모종을 심고

감자 씨눈을 따고

들깨를 털고

개밥을 먹고

텔레비전을 켠다

아흔한 살은 살아도 소리가 나지 않는다

아흔한 살은 살아도 바라는 바가 없다

생명성과 여백, 동심과 유머를
포괄하는 시편들

─손진은(시인·문학평론가)

1. 일상인의 화법에 드러난 생명성

말하듯이 글을 쓰면 된다고 흔히들 얘기하는데 언제부터인가, 요즘 우리 시가 너무 어려워졌다. 한국의 현대시사는 자연스러움의 회복과 그것의 거부, 이 두 개의 서로 모순되는 충동의 싸움 속에서 스스로를 형성해 왔다고 할 수 있지만, 읽기가 쉽지 않은 시들의 범람은 의미 탐구의 단념을 경험하지 않을 수 없게 한다. 그런 가운데서도 독자들의 접근이 어렵지 않고 작품성은 올곧은 전병석 시인의 시편들을 읽으면서, 판독 불능의 의미와 어휘 들이 창궐하는 시기에 철저하게 시단의 폐습으로부터 자유로운 감정을 느낄 수 있다는 것은 참으로 흐뭇하고도 다행스러운 일이다.

시인은 예외적인 상황 속에서의 이상 체험이나 극도로 고

양된 순간의 의식 체험을 강렬하게 표현하는 법이 거의 없다. 오히려 많은 사람이 나날의 삶 속에서 숱하게 겪게 되는 일들이나 풍경을 극히 일상적인 화법이나 대화로 정감을 토로하면서 시화하고 있다. 그래서 전병석의 시는 범상한 사람들을 위해서 주어진 범상한 감정과 의식의 진솔한 토로라 할 수 있다.

찬 바람이 매서운
퇴근길에
팥 다섯, 슈크림 다섯
붕어 열 마리를 샀다
아들이 아니라
아내에게 줄 거라 답하니
덤으로 한 마리 더 담는다
그게 고마워
많이 파시라 하니
오늘은 날이 차서
붕어가 팍팍 올라온다며
황금 잉어를 잡을 수 있겠다 웃는다
저녁을 물리고 TV를 보며
아내 한 마리, 내 한 마리

한 마리가 남는다

덤으로 받은 마음이 남는다

아내는 무슨 생각을 할까

나는 받은 대로 돌려준

때로는 조금씩 떼먹은

덤 없는 사랑이 부끄러워

덤으로 받은 붕어 잘 기르다가

따듯한 날 신천에 놓아야겠다

　　　　　　　—「붕어빵」 전문

　　이것은 덤으로 받은 붕어빵 한 마리에 드러나는 후한 이웃의 인심에 감동하는 시인의 마음을 그리고 있다. 시인은 붕어빵을 사면서 붕어빵 주인과 나눈 이야기 가운데, "오늘은 날이 차서/붕어가 팍팍 올라온다며/황금 잉어를 잡을 수 있겠다 웃는" 붕어빵 가게 아저씨의 말에 드러난 인정에 주목한다. 아내와 집에서 한 마리씩 맛있게 먹고는 "덤으로 받은 붕어 잘 기르다가/따듯한 날 신천에 놓아야겠다"는 시인의 말은 아저씨의 마음씨와 생각을 그대로 이어받은 것이다. 아저씨와 시인의 말 속에서 공히 붕어빵은 살아서 움직이는 생명성을 가지는 것이다. 그것은 시인이 아저씨에게 받은 사랑을 소

중히 간직하겠다는 말의 다른 표현이 된다. 이는 시인이 그동안 살아온 삶의 방식, "덤 없는 사랑"을 부끄러워하는 데서도 나타난다. 이렇듯 시인은 말을 비틀거나 어렵게 하는 대신 일상인들의 발화 어법을 그대로 쓰는 방식을 선택하면서도 독자의 심금을 울릴 줄 안다. 일상인의 말투나 화법을 중시하는 시인의 태도는 다음 시에서도 나타난다.

모든 게 꽃이 아니라
똥이 되는 시절이 있었다
동수 아버지는 똥수 아버지
동자는 똥자
봄동은 봄똥
모두 꽃이 되기 위해 똥심을 쓰던 시절이었다
똥수 아버지는 짜장집 사장
똥자는 떴다방 사모
봄똥은 봄의 일미 봄동
애쓰면 꽃이 되는 시절이 오는가 싶었다
그런데 너도 나도
속은 똥이면서 겉은 꽃이고
겉은 꽃이면서 속은 똥인
애기똥풀꽃 같은 이상한 시절이 와 버렸다

시인은 '똥'이라는 정겨운 호칭 속에서 그동안 우리가 살아온 시절의 삶의 방식을 그리워한다. '똥수', '똥자'라는 평범한 사람들의 정겨운 호칭이나 '봄똥'이라는 말의 배추 이름에는 '꽃'이라는 말 대신에 '똥'이 들어가 있지만, 그 이면에서 "모두 꽃이 되기 위해 똥심을 쓰던 시절"의 억척스럽게 살아온 시절의 훈훈한 인심을 읽어 내고 있는 것이다. '짜장집 사장의 아들' '떴다방 사모' '봄의 일미 봄동' 서민이 흔히 쓰는 말법 '똥' 속에 들어 있는 땀과 열심은 바로 꽃, 우리 사회를 피워내는 힘이었고 동력이었다. 그러나 세태는 이미 교묘해져 "속은 똥이면서 겉은 꽃이고/겉은 꽃이면서 속은 똥인/애기똥풀꽃 같은 이상한 시절"에 무엇이 똥인지 무엇이 꽃인지 구별하기 어려워졌다. 분간이 되지 않고 예측할 수 없는 인심이나 세상에 대한 인식이 말 속에 들어가 있다는 것이다. 일상인의 말에 드러난 은근하고 웅숭깊은 정서는 아래 시에서 가장 잘 드러난다.

유통기한 그거
그렇게 믿지 마라
너거 아버지 봐라

검은 머리 파뿌리 될 때까지

사랑하며 살겠다 하고서는

일찌감치 사랑을 버렸잖아

나는 그때부터 유통기한 그거

그렇게 믿지 않는다

저번에 산 두부는

금방 맛이 갔잖아

이장네 헤어지는 거 봐라

그나마 오래가는 무슨 무슨 협약은 어떻고

그러니 유통기한 그거

그렇게 믿지 마라

그런데 네 아버지는 유통기한 한참 지났는데

밤이 쓸쓸한 달밤에

가슴을 헤집어 보면 요상스럽게

아직도 유통기한이 남아 있어

그러니 유통기한 그거

그렇게 믿지 마라

　　　　　　—「유통기한」전문

어머니를 화자로 삼고 있는 이 시는 말투 속에 은근히 드러
나는 세상에 대한 예지와 그것의 차원을 한 번 더 뒤집는 마음

을 유머로 시화하고 있다. 시의 전반부는 검은 머리 파뿌리 될 때까지 사랑하며 살겠다는 사랑의 언약을 저버리고 죽은 남편에 대한 원망을 사랑의 유통기한은 없다는 관점에서 어머니는 발화한다. 이어 어머니는 지난번에 산 "금방 맛이" 간 두부와, 이장네 부부의 헤어지는 거, 심지어 국가 간의 "무슨 무슨 협약"마저 오래가지 않고 깨어지는 현실까지 질타한다. 그러니 세상에는 유통기한이란 없다는 것이다. 유통기한이라는 건 듣기 좋은 입 발린 언약이니, 그렇게 믿지 마라 당부를 거듭한다. 하지만 그렇게 말씀하시던 어머니에게도 어찌할 수 없는 일이 남편에 대한 유통기한이라는 게 이 시 후반부의 유머요 반전이다. 이 반전이 이 시를 읽는 묘미를 한껏 더한다. "네 아버지는 유통기한 한참 지났는데/밤이 쓸쓸한 달밤에/가슴을 헤집어 보면 요상스럽게/아직도 유통기한이 남아 있"다는 건 사무치게 그립다는 말법이 아니고 무엇이겠는가. 어머니에게는 유통기한 전에 이미 깨진 것도 문제이고, 유통기한 지났는데 아직 유통기한이 남아 있는 것도 문제이다. 물론 뒤의 유통기한이라는 말이 어머니의 본심이라는 걸 독자는 알아차리고 있다. "그러니 유통기한 그거/그렇게 믿지 마라"는 진리이면서도 역설이기도 하다.

2. 내면 정서의 깊이와 서정성

물론 일상인들의 말에 드러난 정서보다 시인의 내면이 드러나는 시편들도 얼마든지 있다. 이런 시편들에서는 시인 특유의 묘사 능력과 번지는 사유의 일단이 들어가 있어 차분히 읽는 맛을 더해준다.

꽃향기 가득한
봄바람이 불어오는데 창을 닫는다
황사가 들어오지 못하게
황사에 묻어오는 봄바람은 창밖이다
당신도 창밖이다
창을 연다
꽃향기처럼 당신만 들이려 했는데
봄바람에 묻어 황사도 들어온다
창문을 닫는다
어제는 갈비 해체사처럼 칼을 벼려
온종일 봄바람에 묻은 황사를 발랐다
제삿날 밤을 치던 아버지
사과를 얇실하게 깎던 엄마같이
사랑에 붙은 이별을 덜어 내려다

사랑이 사라진 날처럼
인연에 붙은 악연을 잘라 내려다
인연을 끊은 사람처럼
당신도 도톰하게 쓸려 나가

애쓰지 마라
4월의 봄바람에는
꽃향기도 황사도 있는 것을
　　　　　　—「4월 생각」 전문

시인의 의식 속에는 봄바람도 당신도 창밖에 있다. 더욱이
봄바람 속에는 황사가 들어 있는 것이다. 시인은 "꽃향기처럼
당신만 들이려 했는데/봄바람에 묻어 황사도 들어"오는 난감
한 상황에 창문을 열지도 닫지도 못하게 된다. 이 딱한 처지
를 극복하기 위해 시인은 "어제는 갈비 해체사처럼 칼을 벼
려/온종일 봄바람에 묻은 황사를 발"라 내는 정성을 기울이지
만, "사랑에 붙은 이별을 덜어 내려다" 당신도 도톰하게 쓸려
나가는 참담에 이르기도 한다. 그러면서 시인은 시의 결구에
"애쓰지 마라/4월의 봄바람에는/꽃향기도 황사도 있는 것을"
이라는 인생론적 진술을 이끌어 낸다. 세상의 진실과 거짓, 선
악은 그렇게 쉽게 떼어 낼 성질이 아니라는 것을 깨우치고 있

는 것이다.

물과 흙과 돌 더미가

산비탈을 쏟아져 내리듯이

돌연 허리가 끊어질 듯한 슬픔에 점령된 우리

슬픔은 등 뒤로 던지고 던져도

홍수에 바가지로 물을 퍼내듯 하고

오천 킬로미터를 흘러 바다에 닿아서도

슬픔은 맑지 않은 황하 같다

슬픔으로부터 깜깜한 어둠이

막장에 쏟아지지 않게 슬픔은

깨어 카나리아가 되어야 해

손거울처럼 꺼내 볼 수 있어야 해

서해에 빠지는 해는 건지지 않아도

스스로 추슬러 솟듯

바닥까지 잠긴 슬픔을 기다려야 해

마지막까지 버스 창을 깨던 손처럼

슬픔이 슬픔을 부술 수 있게

슬픔이 지구를 돌린다

　　　　　—「슬픔이 지구를 돌린다」 전문

시인의 슬픔에 대한 인식은 숙연하기까지 하다. 시인은 "허리가 끊어질 듯한 슬픔에 점령된 우리"라는 말로 이 세상의 근저를 잡아낸다. 얼마나 슬픔이 정화되기 어려웠으면 "오천 킬로미터를 흘러 바다에 닿아서도/슬픔은 맑지 않은 황하 같다" 했을까? 시인은 그 미만한 슬픔이 카나리아의 맑고도 청아한 목소리로 날갯짓하며 날아가기를 꿈꾼다. 이 점에서 시인의 시 쓰기의 사명과 목적은 '슬픔을 카나리아로 만들기'라는 말로 요약될 수 있을 듯하다. 그러나 그것은 얼마나 어려운 일인가. 그것은 "슬픔이 슬픔을 부술 수 있"을 때까지 기다려야 한다. 그러나 반드시 슬픔이 나쁜 정서이기만 한 것인가. "슬픔이 지구를 돌린다." 그렇다. 묵직한 슬픔은 지구를 돌린다.

가장자리 길에 좌판을 편

너를 만나

허리를 굽혔다가

쪼그려 앉아서는

찬찬히 머물러서 본다

풀숲 사이에서 나온 긴

꽃줄기 끝 연보라에

햇볕의 가장자리로 밀려난

더 작아질 수 없는

당신이 보여

덩굴손으로 기어오르던

당신의 험난했던 한 세상이 보여

가슴을 친다

제비는 잊었어도

제비꽃은 제비를 기다립니다.

　　　　　　　—「제비꽃」전문

　작은 생명 하나에서 발견하는 생의 진실이 오롯이 들어 있
는 시편이다. 그것은 서정 시인으로서의 시적 자질이다. 작은
사물 하나에 인간이 겹쳐진다. '당신'으로 명명되는 이는 연인
일 수도 육친일 수도, 세상 낮은 곳에 있는 '장삼이사張三李四'
일 수도 있고, 이 속성 모두를 합친 특정한 개인일 수도 있다.
"가장자리 길에 좌판을" 폈다고 하는 것을 보니, 시인의 어머
니일 가능성이 높다. 시인은 허리를 굽히고 쪼그려 앉아 찬찬
히 본다. 그것에서 "햇볕의 가장자리로 밀려난/더 작아질 수
없는/당신"을 보고 시인은 가슴을 친다. 거기엔 "덩굴손으로
기어오르던/당신의 험난했던 한 세상"이 들어 있다. 그것은
제비를 기다리는 꽃망울의 몸짓이었던 것이다. "제비는 잊었

어도" 제비를 만나 비상할 날을 기다리고 있다는 것이다. 이
기다림의 자세는 성급해서는 안 된다. 비 오는 날, 제 고집에
헛돌다 아슬아슬한 이별의 선을 넘어버린 화자의 탄식이 들
어 있는 이 시를 보라.

> 넘다가 결국 돌아오지 못한 사랑은
> 비 오는 밤이라 더 쉬웠는지 몰라
> 몰라, 눈 내리는 아침이었다면 사랑은
> 거기까지는 가지 않았으리라
> ─「사랑은」 부분

3. 자연에서 발견하는 동심과 유머

우리는 이제 시인의 시에서 드러난 자연에 대한 관점을 살
펴볼 시점에 이르렀다. 시인은 사람들에게 다친 마음의 일단
을 자연에서 치유받는다. 시인에게 자연의 세목은 작은 목소
리로 속삭이면서 시인의 마음을 다잡는다. 아래 시를 보라.

> 봄과 여름 사이
> 한 꽃나무 아래에서

꽃의 이름이 생각나지 않는다

잔기침처럼 간질이고

기름처럼 미끌거리기만 할 뿐

노랗고 하얗고 빨간 꽃이

섞여 이름도 섞여서 맴돈다

머리를 굴려도

공익광고 같은 생각만 떠올라

꽃나무의 이름을 놓아버리고

가만히 슬픔처럼 안는다

그제야 노랗고 하얗고 빨간

내 걱정을 아는 꽃들이 가만히 속삭였다

병꽃, 병꽃이잖아

—「병꽃이잖아」전문

　작은 나무 아래에 서 있는 시인은 "노랗고 하얗고 빨간 꽃이/섞여 이름도 섞여서 맴"도는 "꽃의 이름이 생각나지 않"아 애태운다. "잔기침처럼 간질이고/기름처럼 미끌거리"는 그 이름.

　마침내 꽃나무의 이름을 놓아버리고 그 꽃나무에 미안해서 가만히 슬픔처럼 그 미지의 이름을 안는데, 여기에는 꽃나무에 기댈 수밖에 없는 시인의 안타까움이 들어 있다. 이런 슬픔

을 자연은 홀로 내버려두지 않고 시인의 마음속으로 스며들어 온다. 시인을 깨우치는,

> 그제야 노랗고 하얗고 빨간
> 내 걱정을 아는 꽃들이 가만히 속삭였다
> 병꽃, 병꽃이잖아

자연 쪽에서 먼저 말을 걸어오는 이런 싱그러움이 전병석의 시에는 있다. 시인은 일상인의 말 속에 드러난 생명성을 자연의 세목 속으로 끌어올 줄 아는 것이다. 시인의 여행 시편들은 이러한 시인의 자질을 넉넉히 보여주고 있다.

전병석의 시에서 드러나는 자연은 인생과 인연을 터치하면서, 동심을 놓쳐버린 우리들을 돌아보게 하는 힘을 가진다. 여기서 우리가 더불어 발견해야 할 자질은 유머 의식이다. 이 유머가 시의 차원을 한 단계 끌어올린다.

> 겨울바람은 허공을 세게 겨누었는데
> 짱돌은 엉뚱하게 사천바다케이블카가 맞았다
> 멍은 여행에 들뜬 우리가 들었다
> 손 빠르게 행선지를 바꾸었다
> 여행 같은 인생에서

아직 바꿀 행선지가 있는 것은 축복

아직 바꿀 시간이 남아 있는 것도 감사

상족암으로 방향을 틀었다

바람이 바다 운치를 더한다

같은 바람이라도 이렇게 다르다

그러니 인연이란 게 있는 거다

아버지 집 장작처럼 쌓인 암벽 앞

파식대지에 있는 물웅덩이들이

공룡의 발자국이란다

내 늙은 상상력으로는

공룡이 걸어가지도 날지도 않는다

사진 몇 장 찍고 돌아서는 내게

상족암이 공룡 풀빵을 건네며

한 말씀 던진다

네 안에 숲, 어린아이가 없어서겠지

     —「상족암」 전문

 참 싱그러운 시다. 사건 하나로 시는 얼마나 풍족하고 재밌어지는가? 다름 아닌 바람 이야기이다. "허공을 세게 겨"눈 바람이란 말은 '바람은 아무런 의도 없이' 허공을 향하여 불었다는 의미다. 그런데 그 여파를 사천바다케이블카가 맞았다. 풍향과 풍속 때문에 케이블카가 운행되지 못했고, 우리는 케이블카를 타지 못했던 것이다. "명은 여행에 들뜬 우리가 들었다"라는 말의 유머를 보라. 바람과 케이블카와 우리가 얼마나 재미있게 연쇄되어 나타나는가. 우리는 재빠르게 상족암으로 방향을 튼다. 그곳에선 바람이 바다 운치를 더하는 것이 아닌가? "같은 바람이라도 이렇게 다르다"는 탄식 속에서 시인은 "인연이란 게 있"다는 깨달음에 이른다. 그러나 바람으로 시작된 화두가 공룡 발자국을 발견하는 다음 단계에 이르면 나는 아직 어둡다는 걸 독자들은 알아차린다. 시인은 "내 늙은 상상력으로는/공룡이 걸어가지도 날지도 않는다"고 공룡 발자국보다 나이 든 늙은이 어투로 속엣말을 하는데, "상족암이 공룡 폴빵을 건네며"(상족암에 공룡 폴빵을 찍어내는 분이 있었으리라.) 넌지시 그에게 한 말씀을 던지신다. "네 안에 숲, 어린아이가 없어서겠지" 자연과 동심을 상실해버린 허수아비 같은 나를 일갈하는 상족암의 훈계가 유머에 담겨 나를 깨우치는 장면이다. 칼보다 예리한 이러한 자연의 신묘한 유머를 보는 매력이 이번 시집을 읽는 또 하나의 기쁨이다.

지리산 아래

국보와 보물을 가진 천년 고찰에서도

겨울은 몹시 춥고 쓸쓸하여

손난로 같은 부처님의 한 말씀 품지 못하고

산문(山門)을 떠나올 때

약사전 부처님의 마음이 아렸나 보다

아, 눈을 내리신다

눈이 내릴 뿐인데 금세

풍경은 신비롭고 마음은 설렌다

눈사람을 굴리는 나이를 지난 사람들은

굵어지는 눈발은 돌아가는 길에

또 하나의 번뇌라도

통창 바깥으로 쏟아지는

눈에 취해 돌아갈 시간을 잊었다

지금쯤 실상사에도

눈발은 드세어져 부처님은

먼 길 가는 중생들 생각에

감은 눈을 뜨셨겠다

　　　　　　　　—「겨울 실상사」 전문

　너무 춥고 쓸쓸하여 "부처님의 한 말씀 품지 못하고" 산문
을 내려오는 중생을 위하여 약사전 부처님은 눈을 내리신다.

측은지심이 느껴지는 장면이다. 여기서 시는 반전된다. 내 마음속에서 "풍경은 신비롭고 마음은 설"레기 때문이다. 시는 두 가지의 길을 내포하고 있다. 부처님의 말씀 한 구절도 품지 못하고 내려온 중생들이 눈에 온통 마음을 빼앗기고 있다는 설정이 하나이고, 또 하나는 그것 자체 역시 넓은 의미에서 부처님의 말씀이란 것이 다른 하나다. 그러나 중생은 중생일 따름이다. "굵어지는 눈발은 돌아가는 길에/또 하나의 번뇌"일 것을 알지만 화자는 "통창 바깥으로 쏟아지는/눈에 취해 돌아갈 시간을 잊"고 있는 것이다. 얼마나 아름다운 눈발이기에 말이다. 시의 반전은 다시 한번 일어난다. 빈손으로 돌아가는 중생, 화자를 위하여 눈을 내렸던 부처님은 그새 마음이 변하여 드세어진 눈발 속 먼 길 가는 중생들 생각에 감은 눈을 뜨시고 눈발 내리신 것은 은근히 후회하실 거라는 유머가 이 시에는 깃들어 있다. 「상족암」처럼 부처님은 이렇듯 인간적인 풍모를 띠고 드러나니 이 시의 정서는 그만큼 순결하고 순정하다.

4. 가르침과 배움 사이에 선 시인

시인은 오랫동안 교직에 몸담아 온 시인답게 청소년들의

문제에 관심이 참으로 많다. 그것은 "찔레꽃이 피는/강가로" 우리를 데려가 때를 밀게 하신 선생님, "찔레꽃에서는 선생님 냄새가 난다"(「찔레꽃 향기」)는 시에서 연원을 두고 있는데, 이제 그때의 선생님의 입장이 되어, "슬픔이 뛰어내리지 않으니/네가 강 다리에서 뛰어내리려 하는구나"(「꿈이었으면」) 제자들의 현실에 가슴 아파하기도 하고,

쓰다듬고
토닥이고
칭찬하고
가끔씩 따끔하게 충고하고
이런 게 교육이잖아
근데 실제로 이렇게 하면 큰일 난다
눈으로도 안 된다
꽃으로도 안 된다
마음으로만 해야 된다
그 마음도 들키면 안 된다

그래도……참……그렇다

이라는 시(「선생질」)를 남기기도 한다. "눈으로도 안 된다/

꽃으로도 안 된다/마음으로만 해야 된다" 참 많은 것을 함의
한 구절이다. 눈짓으로도 나타내지 못하고, 꽃으로라도 때리
지 말고, 마음으로 교육해야 하는데. "그 마음도 들키면 안"되
는 게 현재 우리 교육의 주소다. "그래도……참……그렇다"에
담긴 시인의 마음을 보라.

    야구공에 맞아
    국화분이 박살 났다
    국화보다 사람이 더 놀랐다
    어떡하지
    CCTV가 없네
    공을 챙겨 그냥 가려는데
    국화가 딱 걸린다
    설마,
    애써 무시하며 돌아서는데
    벌이 쌩 날아온다
    국화 속에 벌이 있을 줄이야
    ―교장 쌤, 제가 화분을 깼습니다

    그러고 보면 나는
    주인 모르게 깬 화분이 몇 개일까

벌에 탁 쏘였으면 차라리 편했을

화분 조각 같은 죄업들

들로 숲으로 놓아 보낸다

      —「방생」 전문

  함축이 많은 작품이다. 야구공에 맞아 화분이 박살 났는데 "국화보다 사람이 더 놀랐다"고 하는 유머는 여전하다. 국화가 걸리지만 "애써 무시하며 돌아서는데/벌이 쌩 날아온다/국화 속에 벌이 있을 줄이야"의 구문도 그렇지만, "—교장 쌤, 제가 화분을 깼습니다" 하는 구문의 병치는 유머의 압권이다. 화분을 깼다 하는 학생이 시인에게는 국화 속에서 나온 벌로 겹쳐져 읽히기 때문이다. 둘째 연은 상황이 더 진전된다. "주인 모르게 깬 화분이 몇 개일까"라는 자성으로 이어지고, "화분 조각 같은 죄업들/들로 숲으로 놓아 보"내는 방생이 벌로 겹쳐져 내 양심을 쏘고 있기 때문이다. 학생을 용서하고 자신의 죄의 조각까지를 내보내는 유머가 내밀하게 드러나서 시의 여백이 거느린 맛이 시원하게 드러난다.

  전병석 시의 자장을 '일상인의 화법에 드러난 생명성', '내면 정서의 깊이와 서정성', '자연에서 발견하는 동심과 유머', '가르침과 배움 사이에 선 시인' 네 개의 항으로 살펴보았다.

그의 시는 확실히 해독이 어려워진 시기에 철저하게 이 시단
의 폐습을 극복하는 하나의 선명한 자리를 확보할 수 있다는
사실 하나만으로도 충분한 가치와 깊이를 가진다.

손진은 (시인·문학평론가)

1987년 〈동아일보〉 신춘문예를 통해 등단했으며, 1995년 〈매일신문〉 신춘문예
문학평론 부문에 당선되었다. 시집 『저 눈들을 밤의 창이라 부른다』 외 세 권을
펴냈으며, 저서 『시창작교육론』 외 여덟 권을 출간했다. 금복문화상, 시와경계문학상,
대구시인협회상 외 다수의 상을 수상했다. 경주대학교 문예창작학과 교수를 거쳐 현
대구교육대학교에 출강하고 있다.